KB147778

봄은 경력사원

황금알 시인선 77

봄은 경력사원

1쇄 발행일 | 2013년 11월 30일
2쇄 발행일 | 2014년 2월 11일

지은이 | 권영해
펴낸곳 | 도서출판 황금알
펴낸이 | 金永馥
선정위원 | 마종기 · 유안진 · 이수익 · 문인수
주 간 | 김영탁
편집실장 | 조경숙
표지디자인 | 칼라박스
주 소 | 110-510 서울시 종로구 동숭동 201-14 청기와빌라2차 104호
물류센타(직송 · 반품) | 100-272 서울시 중구 필동2가 124-6 1F
전 화 | 02)2275-9171
팩 스 | 02)2275-9172
이메일 | tibet21@hanmail.net
홈페이지 | http://goldegg21.com
출판등록 | 2003년 03월 26일(제300-2003-230호)

ⓒ2013 권영해 & Gold Egg Publishing Company Printed in Korea

값 8,000원

ISBN 978-89-97318-57-5-03810

*이 책 내용의 전부 또는 일부를 재사용하려면 반드시 저작권자와 황금알
 양측의 서면 동의를 받아야 합니다.
*잘못된 책은 바꾸어 드립니다.
*저자와 협의하여 인지를 붙이지 않습니다.

봄은 경력사원

권영해 시집

황금알

첫 시집을 상재한 지 어언 10년이 흘렀다
그간 나는 나대로 바빴고
세상은 세상대로 바빴다
다만 바쁘지 않은 것은 세월이어서
연어는 해마다 모천으로 회귀하였고
도토리는 중력의 힘을 믿고
느긋이 지상으로 떨어져 내렸다

강산이 한 번은 변한다는 그 세월 동안
나는 늘 세속적인 틀 속에 갇혀
벌레의 눈으로 사물 보는 법을 터득하지도 못하였고
장독처럼 둥글어지지도 않았으며
된장처럼 숙성되지도 못하였으나
이제, 오랜만에
첫 수확한 장뇌삼을 세상에 내어놓는
심마니의 심정으로
내 가슴은 한없이 설레고 있다

2013년 4월
권영해

차 례

1부

2부

3부

4부

1부

절망에 관하여

꽃이 진다고 아파하지 마라
진다는 것은 이미
피어난 기쁨이 있었거니
한때의 절망은 또한
은거隱居한 기쁨 아니냐

저 규칙적 궤적을 보아라
한쪽이 올라가면 건너 쪽은 내려가야
온전한 사람살이가 되지 않느냐

시소에 앉은 아이가
내려간다고 언제
절망한 적이 있더냐

낙화
— 난중일기 1

사랑한다
규탄한다 사랑한다
규탄한다
사랑한다 규탄한다
사랑한다
규탄한다

사
랑
한
다

각본 있는 드라마에
침묵하기는 싫어
살기 위해 죽는다
젊은 날의
분서갱유여!

고행의 끝은 어디인가

석가탄신일
천축국天竺國에는 가지 못하고
동축사東竺寺*에나 가려고
마골산 입구에 다다르니
낡은 승합차 서너 대가
중생들을 쉼 없이 실어 나르고 있었네

속세와 탈속을 윤회하는
차체 하부가 낮은 봉고는
자비自卑롭고도 자비慈悲롭게 땅에 끌리는 수행 끝에
108계단 돌계단 앞에 고달픈 육신을 부려 놓으니
살아가는 일보다
질에 오르는 길이 이리도 어렵구나

높이 올라 고행인가
힘들어서 고행인가
홀로 걸어야 하는 고행 끝에
더듬더듬
대웅전 목어 아래 다다라

물 한 바가지로
아기부처님 몸을 씻길 때
나를 닮은 수많은 중생들
공양간 기둥에
밥알처럼 달라붙어
부처님 보시를 기다리고 있었네

* 동축사: 울산 동구 마골산에 있는 절

봄은 경력사원

그녀는 베테랑
온다는 소문만 나도
숱한 남자들 가슴을
설레게 하지

노하우가 축적된 그녀는
얄미운 계집,
도착도 하기 전에
입이 닳도록
침이 마르도록
자신을 위해 노래하는 자들이 너무 많아

세상사 그저 관행일 뿐이건만
노련한 경력사원 덕분에
줏대 없는 시인들은
이구동성으로 호들갑을 떨 뿐이지

하마평만 무성한
입춘 근처

기고만장한 저년의 가슴은
해마다 관록이 쌓여 간다

암호명 @골뱅이
― 난중일기 2

인간의 모든 소식은
@골뱅이를 통해 전달되던 시대가 있었다

이곳은 이미
분필이 필요 없는 곳
나는 지시봉과 분필통 대신
한 손에 리모컨을 들고
목에는 마우스를 걸고
교실로 들어선다

전원을 켜면
세상 가득 전동 스크린이 펼쳐지고
수천수만 광년의 빛줄기로 쏟아지는
해동성국의 미래여
오직
@골뱅이의 몸을 통해서만
너의 마음에 도달할 수 있고
외계어를 타고서야
반딧불이를 말할 수 있을 때

단숨에 날아오르는 삶이란
얼마나 쓸쓸한 가벼움인가

@골뱅이의 꿈이여,
꼬인 날개여
이제부터 나도
@골뱅이 무침을 안주 삼아
한세상 꿀꺽하고 싶다
　　뷁!

소라게

딱딱한 집 덕분에
그는 노출되었다

자신은 늘 집 속에 은둔하고 있다고 생각하였으나
그것은 고정관념일 뿐
적들은 껍질을 통해 그를 알아보았다
새 집을 갖는다는 것이
걱정을 하나 더 소유하는 것임을 모르는
그는
걸음걸이도 시원찮은 판에
외출할 때 항시
그 집을 끌고 다녀야만 했다

동료들은
젊을 때부터
자신의 능력을 과대평가하고 있는 그가
이쯤에서
헐렁한 차명의복借名衣服을 벗어던지고
스스로 몸매를 공개하기를 바라지만

현란한 화술로 남의 옷만을 벗기던 자가
그의 과시욕에서 벗어나는 데는
시간이 좀 걸릴 것 같다

시 비비기

나는 밥을 잘 비빈다
아니,
애들이 엄청 잘 비빈다고 한다
상추, 열무김치, 된장찌개에
고추장 팍팍 섞어
밥알에 땀나도록 비비면
나물은 기가 죽어 맛깔스러워지고
참기름은 적당히 기가 살아
깊은 곳으로 스며든다

나는 내 시를 잘 비비고 있는가
밥은 시가 되지만
시는 밥이 되지 못한다는데
차라리
행간과 행간 사이
치커리같이 쌉쌀한 단어 몇 조각에
땡초 두어 개쯤 썰어 넣고
거칠게 버무리고 치대어
이미지와 비유마저 뭉개져 버린

독하고 못된 시,
까칠한 시밥 한 양푼
비벼냈으면 한다

나는 이런 말들을 2

이런 말 절대로 하지 마라

극찬, 기상천외, 비약적, 최후통첩, 예측불허, 임박,
절찬리, 극명, 일촉즉발, 불사조, 전인미답, 백전불퇴,
제압, 괄목상대, 불가사의, 장악, 치밀, 백전불패, 비
장, 석권, 지존, 절체절명, 파천황, 초미세, 극소수,
불로초, 극단적

내가 한 번 입을 열면
세상이 다친다

소금

햇살 피어나는
개펄 위에서
수차는 꺼져가는 불씨를
퍼올리고 있다

물길 따라 불길이 퍼지던 염전
숯불처럼 타오르다
숯처럼 식어갈 사랑아
희디흰 정신의 응결을 믿고
짜도록 그윽하게 익어간다 해도
증발의 안타까움 견디며
물에서 녹을 것을
다시 물로부터 나오는가

견인주의자堅忍主義者여

독도
― 난중일기 3

먼바다에는 언제나
메시지가 잘 전달되지 않았다
커뮤니케이션은 일종의 통로임에도
언로가 막힌 유통 구조상에서는
편도만 허락되고
정보들은 거의 유통기한이 지나 있어
제대로 첩보의 구실을 하지 못하였다

나는
대마도 근처에 포진한 채
곳곳에 바리케이드를 치고
거동 수상한 자들을 감시하였으나
백신이 없는 바나에는
왜구들이 멋대로 아군의 폴더 속을 드나들고
스팸이라고 하는 정체불명의 정보들을 쏟아 붓고는
달아나기 일쑤였다

그때
동쪽으로부터

백해무익한 신종 바이러스가 감지되어
판옥선을 조금씩 독도 쪽으로 움직일 때
수병들이 검색 엔진을 작동시키며
패스워드를 대라!
바코드에 입력되지 않은 정보는 무조건 무효다!
가위에 눌린 듯 아무리 소리쳐도
놀 비낀 바다에
키보드 두드리는 소리만 가득할 뿐
불량 정보는 다시는 걸러지지 않고
어느새
어뢰를 짊어진 해커들이
덜 굳힌 디스켓을 허공으로 쏘아대며
악성 메일의 압축을 풀기 시작하였다

솔개에게

날고 싶은 것과
머물고 싶은 것 사이에
날개가 있다

부서지는 햇살 아래로
추락을 꿈꾸며
날렵하게 솟구치는 순간
빈틈을 예비하는 것

거기다
한없이 감싸 안고 싶어지는 것
외로운 것과 그리운 것 사이
그 중심에
날개가 있다
가슴 앓는
네가 있다

내장산, 속을 비우다

적막하던 가을 산에 볼거리가 터졌다

승부에 안달이 난 훌리건들이
내기를 걸고 치고받는 내장산
묵언정진하던 스님들도
낮술을 한 잔들 하셨는지
벌겋게 단 몸으로 운동장을 질주한다
아수라장으로 변해버린 낯 뜨거운 깜짝쇼에
관중들은 일제히 일어서고
스탠드는 산기슭 아래로 무너져 내렸다

판만 빌려주고
표정 관리도 제대로 못 하는 산들은
맞불을 놓아 버리고는
무작정 바다로 뛰어들었다

나는 이런 말들을 3

이런 말
절대로 하지 마라

기필코
끝끝내
철저히
사생결단
완벽하게
철두철미
마침내
무한대
박빙
승부수
올인
돌발
불멸
독보적
건곤일척
초절정

내게도 생각은 있다
제대로 일이 풀리지 않으면
극비리에
극약 처방을 내리겠다

청호반새

온종일
물 속으로 몸을 던지는 사내를 보았다

부리에 밧줄 걸고
절망 같은 희망으로
번지점프할 때마다
마음만은 허공으로 솟구치고 싶었지
아가미도 지느러미도 벗어 놓고
허파, 날개로 잠수하는
전천후 열혈남아
부레 없는 아버지는
중력과 부력 사이
그 팽팽한 경계를
어떻게 견뎌냈을까

지독한 물질 끝에
태애앵-!
안도의 숨비소리* 내뱉으며
부리 하나 수면 위로 솟아오를 때

둥지 속에서는
싱싱한 가시고기 알들
화려한 부화를 시작한다

세상이 고루 편안하다

* 숨비소리: 제주도 해녀들이 물질하고 올라왔을 때 내쉬는 휘파람소리
  같은 것

'육育' 字 울타리 학교

내 잘 다니는 둘레길 초입에는
궁서체 '育' 자 간판이 울타리 문짝이 된
주말농장 한 뙈기 있고
그 곳 지날 때마다
주인은 보이지 않는데
푹푹 찌는 날씨에노
상추며 들깻잎은 부쩍부쩍 자라 있었다

인근 학교의 '體·育·館' 간판 교체할 때
버려진 듯한
대견스런 글자 하나 보면서
계곡 물소리

34

등산객들 발자국 소리
곤줄박이 날갯짓 소리만 듣고도
잘 자라는 저 푸성귀 학교의 악동들처럼
우리 아이들도
선생님 발자국 소리만 듣고도
자율자율
잘
크는 날이 왔으면……

생각해 본다

가을 저녁의 비망록

며칠 전부터
선비 한 분이
교무실에 숨어들어와
글을 읽고 있다
책상 밑에도
서가에도
의자 근처 어디에서도
귀하신 몸은 발견되지 않고
청빈한 목청으로 음풍농월하고 있다
"귀뚜울어~"
"귀뚜울어~"

속세에 대한 미련 때문에
세상 속에 은둔했던 사내
만 사흘 동안 절대 음감으로
우려낸 가을을 낭랑히도 읊조리더니
급기야 목이 쉬었는가
득음의 목소리가 갈라져 들려온다

그날 저녁
퇴근하려고 교무실을 나서다가
수염을 곧추세운 채
미닫이문에 끼여 비장하게 열반하신
폐포파립弊袍破笠의 거사居士를 발견하다

엉거주춤한 가을에
탄력이 붙고 있다

별 사냥

울란바토르에는 사랑이 없다
울란바토르에는 눈물이 없다
울란바토르에는 이별이 없다
울란바토르에는 꿈이 없다
울란바토르에는 길이 없다

다만
울란바토르의 가슴에는
방목하는
별,
별
이 있다

2부

책을 읽다

기존의 지식은 너무 낡고 병든 것이어서
나는 한꺼번에 싱싱한 새 책을 읽기 위해
산으로 갔네

인간의 마을을 벗어나 숲의 초입으로 들어섰을 때
포플러는 부드러운 소리로 풍월을 읊고
높은 지식을 과시하는 교목
전나무, 자작나무 숲에서는
푸른 글들이 바람에 책장을 넘기고 있었네
펄프의 길을 따라 상수리나무 아래 이르자
읽은 책마다 열매를 터뜨리며 귓속으로 떨어져 내렸네

이것은 꿈이 아니었네, 정녕
딱따구리와 어치는
쉼 없이 참나무 책을 쪼아 서가를 만들고
황조롱이는 부지런히 병든 들쥐들을 잡아내며
숲을 퇴고하고 있었네

아아, 누구든

책의 대웅보전에 와서
고요히 온축蘊蓄된 자연의 말씀을 경청하다 보면
왜 계곡은
끊임없이 역류하는 송사리를 담고 흐르며
바람은 어떻게 세상에 어록을 남기고
잡목 사이로 길을 낼 수 있는지에 대해
저절로 터득하게 된다네

귀신 잡는 병집이

병집이 휴가 나왔네
머리 빡빡 깎고
해병대 훈련 끝나
위로 휴가 왔네
고등학교 2학년 내가 담임할 때
지각을 밥 먹듯이 해
한없이 꾸중 들었던
병집이
여전히 가느다란 눈에
웃는 얼굴을 데리고
복분자 음료 한 박스 사 들고
옛 추억 찾아왔네

자율 학습 시간마다
교실을 여관처럼
책상에 머리 대고
마음 놓고 숙면을 취하던 병집이
선생님 ㅋㄷㅋㄷ 안녕하세요
ㅎㅎ 선생님 왔다 갑니다

아무도 찾지 못한 폐쇄 직전의 홈페이지에
두 번이나 귀신처럼 찾아들어와
방명록에 발자국을 남겼던
잠탱이 병집이

인수분해보다 축구가 좋았던
병집이가 이 나라를 지키나니
이제는 밤이 돼도
두 눈을 부릅뜬 채 잠들지 못하고
총알보다 빠른
귀신이라도 잡을 수 있겠네

자전거 단상

자전거를 타면
신 나게 페달을 밟지만
페달의 힘만으로
자전거가 쌩쌩 달리는 건 아니다
발통과 발통을 당겨주고 밀어주는
체인이 있기 때문이다
하지만
체인 하나로 자전거가 쉬 앞으로 나가는 건 아니다
발통이 쓰러지지 않게
바른길 인도하는 핸들이 있기 때문이다
핸들과 안장 사이, 페달과 체인 사이
바퀴와 바퀴 사이
보이지 않는 미음이 작용히기 때문이다

세상만사도 저렇거니
사람들은 왜 모를까
저녁이 되면 해는 없어지지 않고
달을 밀어 올린다는 것을
달이 체인을 걸고
해를 당기고 있다는 것을

곶감

수많은 어머니들
말랑말랑
젊어지시네

추녀 밑 흙벽에
대롱대롱
고행하는 과메기처럼 매달려
비바람을 견뎌내며
해바라기를 즐기시네
화려했던 왕관도 벗어 놓고
멍들고 떫은 삶도
울컥울컥 깎여나간 세월 속에
시설柿雪로 묻어두고
쪼글쪼글 익어가는
당도 높은
어머니

내 귀는 당나귀 귀

나는
내 귀 사이즈에 욕심을 좀 내야 할 것 같다
가능하다면 귀가
입보다는 0.1cm라도 더 커야 하지 않을까 생각한다
경청보다 발설에 더 많은 시간을 할애했던
과거에 대한 예의가 필요하기 때문이다

나는 내 귀가
한 서너 개쯤 있었으면 한다
한쪽 귀로 듣고
다른 쪽 귀로 흘려버리지 않도록
여분의 귀 하나쯤 더 구비해 두는
센스를 뽐내고 싶다

나는 내 귀가
말이나 소의 귀보다는
조금이라도 더
부드러워졌으면 한다
벽창호나 마이동풍처럼

남의 말귀를 못 알아듣지 않기를 바라는 마음에서,
쓴소리도 단소리로 변환해서 들을 수 있는
기능성 고막을 하나 장만하고 싶다

낙원떡집 앞에서

내 고향 읍내 재래시장에는
낙원떡집이 있어
그 앞을 지나다 보면
낡은 유리문 틈으로
무지개떡 찌는 냄새가 나고
지붕 위로는 오색의 수증기가 솟아오른다

떡을 만드는 것은
어렵고도 즐거운 일
백설기, 약밥
깍쟁이 같은 인절미에
달 냄새 나는 계피떡도 만들 줄 아는
낙원떡집 아지매는
일거리가 많아 몸살나 눕겠지만
절구질 소리와 들기름 냄새 그득한 그 집은
사철 가래떡 같은 희망을 뽑아낸다네

세상엔 절구질할 일도 많아
싸라기나 좁쌀만도 못한

좀팽이 같은 삶도
땡초처럼 매운 독선도
절구 속에 넣어
으깨고, 부수고, 갈면
간간하고 구수한
새 살로 태어난다네

설날 가까운 예천읍 동본동
영주, 단양 가는 이정표 위로
무진무진 눈이 쌓이는데
김 서린 낙원떡집 낡은 유리창 앞에 서면
팥고물 정겨운 냄새에 취해
나는 그만
갈 길을 잊고 마네

연어, 편지를 쓰다

거친 물살을 헤치고
지친 그리움들이 역류한다
망각의 강을 거슬러
지워진 물맛 따라 길을 내며
퍼덕임 하나로
삶을 디자인하는
간절함의 메시지

형상기억의 힘을 믿으므로
퍼덕임은 엔진이다

아가미에서 발현된
항抗물살의 추진력으로
베링 해의 히늘빛에 물든
연어의 붉은 근육이 출렁일 때
무수한 물무늬를 함유한
파도의 DNA들이
치어의 혀끝에서부터
세차게 일렁이는 강의 지느러미까지

모천회귀의 답신을
엮어낸다

무엇이든
끝자락에 닿으면
연어가 된다

서랍을 열면

나는 때때로
서랍을 열어볼 때가 있다

지난 아침에도
무언가를 찾으려고
해묵은 책장 서랍을 열었더니
그곳에서는
꼬깃꼬깃 숨어 있던
고뇌의 저녁들과
이유 없는 미움들이
눈물처럼 왈칵 쏟아져 나오고
망각의 틈새에 고여 있던
비밀스러운 사랑들도
느닷없이 걸어 나왔다

놀라워라
삶의 촉수들이 엉켜 있는
오래된 책상의 빼닫이
장롱의 미닫이를 열면

겸연쩍은 나의 과거
부랴부랴 잠가버린 후회의 순간들과
우쭐대던 들뜬 자랑들이
곰팡내 나는
먼지를 툭툭 털고 손을 내민다

서랍을 열면 절망하리라
너무 반가워 절망하고
하도 기막혀 절망하고
매캐한 그리움이 부질없어 절망하리니
그래도
절망보다 더한 절망은
없을 것이므로
모든 빼닫이
일제히 열어두고 싶다

주먹밥 속에는 주먹이 운다

오전 일과를 마치고
서둘러 밥을 먹기 위해
도시락 뚜껑을 열었을 때
문득 솟아나는
작은 주먹

나는 왜 그동안
주먹밥 속에 주먹이 있다고 생각하지 않았는가
왜
솜사탕 속에는 사탕이 없다고 믿고 말았던가

어머니가 싸주신 주먹밥 속에서
아기의 고사리 같은 주먹과
아버지의 굳은살 박인 주먹과
아내의 가녀린 주먹이 불쑥 나오지 않던가
잉어빵 속 황금잉어보다
더 꿀맛 같은
눈물 어린 주먹이
주먹보다 더 거대한 골리앗의 눈물이

와르르 쏟아져 나오는데
주먹밥 속에는 주먹이 없다고
왜!
단정하고 말았던가

붕어빵

바둑 배우러 갔다가
시장통을 거슬러 오던 여덟 살 용우는
가게마다 먹고 싶지 않은 게 없었다

오늘은 붕어빵 천 원어치 네 개 사서
오는 길에 하나 먹었다
집에 돌아온 녀석
누나 두 개 준다며 한 마리를 더 먹었다
예쁜 마음에 붕어가 머리부터 뜯겨나간다
잠시 고민 있는 척 괴로워하더니
"누나는 한 개만 줄까?"
기분 좋게 붕어의 배가 터진다

학원 간 누나는 아직 오지 않고
녀석은 잠들었다
붕어는 알까
속없는 용우의 꿈

한 마리 남은 붕어
봉지 속에서 퍼덕거린다

억설 천국

모든 사회는 반사회적이다
모든 조직은 비조직적이며 모든 웃음은 비웃음이다
모든 상식은 몰상식하다
모든 책임은 무책임하고 모든 능력은 무능력하다
모든 품질은 저질이거나 고질적이다
모든 센스는 난센스이다
모든 문장은 오자이거나 탈자투성이다
모든 박자는 엇박자이며 모든 균형은 불균형이다

모든 도덕은 부도덕하고
모든 법은 탈법 아니면 불법일 뿐이다

국어 공부
절대로 하지 마라
범법이 판치는 무법천지 시대에는
적절한 해법보다
적당한 편법이 필요하다

꽃샘

화들짝!
곳곳에서
무인 카메라의 셔터가 터진다

사건은 일제히 왜곡되고
비공식 루트를 통해 내려오는
낙하산 부대의 강습에
분만 촉진제를 맞은 차량들 우왕좌왕하는 사이
엉겁결에 응징 당한 뜬소문들
급발진의 누명을 쓰고
잠시 동안거冬安居에 들어간다

즐거운 배달 사고에
우리의 삶도
때로는 복지부동이 필요하다

하지

길 잃은 계집아이 하나가
울고 있다

헬멧 쓴 중국집 배달원이
아랫도리에 비를 맞으며
오토바이에 매달려 배달된다

키가 크고
매우 예의 바른 청년이
유통기한 지난
책 한 권을
읽고 있다

명주나비의 전생
개미귀신은
똥을 누지 못하고

고질병 2

4.2m 움직이는 데 무려
10분이나 걸리는
나무늘보야
평균 시속을 알 수 없는
느릿느릿 너의 이동 속도
게으른 것인가
신중한 것인가
호들갑 좀 떨렴

먹는 게 남는 것인데
식사 시간조차 아까워
최대한 느린 동작으로
미련곰탱이싯을 슬기는
너의 마음은 어깃장 놓는 놀부인가

타협하라, 세상과
귀차니스트여
실험에도 협조하지 않는
생존 전략을 수정하라

세상만사가 그리도 느긋한가
제발
'빨리빨리바이러스'에라도 걸려 버리렴

내 억장이 무너진다

강은 길을 잃지 않는다

흐르는 것은 아무도 막지 못하리

그리움은
산으로부터 나와
핏줄 속에 요동치며
애틋한 장편의 강을 엮어내고
강폭은 점점 넓어져
무심히 아파 오는 기억의 끝자락에
사람들은 물길 따라 발길을 만들며
가슴에 뜨거운 맥박을 키우네

잃어버린 길이 어디 있으랴
간질한 짓은 물 위에서 저절로 길이 되고
흐르는 길 따라 삶은 쉼 없이 이어지는데
길을 떠나면 강은 흐르지 않네
강변을 서성이다가
길을 지우며 흐르는 안개도
바람이 시간을 거슬러 달리는 저녁에
다시

강 끝에서 길을 만나네

흐르는 것은 모두
길이 된다네

개소리

그날
동물농장에서
보호소에 억류 중인
유기견 한 마리
작심하고 사람들을 향해
쓴소리 한 마디 내뱉었다

컹!

3부

지구, 사랑에 눈뜨다

가끔
숲은 잘 살고 있는지
산에 청진기를 대어 보자
쑥부쟁이의 속이 편안한지
지렁이는 흙을 끌어안고
기름진 사랑을 나누고 있는지
진료하자

지구는 하나의 오케스트라
계곡이 과학적 선율로
응얼응얼 물의 현을 퉁길 때
한여름 순회공연을 위해
매미 애벌레님 땅 나설 준비하는 소리
개구리는 밤새껏
열 권도 넘는 잠언록을 쓰고
개똥벌레는 엉덩이를 흔들며
짧고 밝은 삶을 사나니

알고 보면

모두 짝을 찾아
이 세상 수컷들이 보내는
열정의 몸짓
지상을 베이스캠프 삼아
뜨거운 시간을 보내는
중

실크로드를 지나며

이슬에 젖은 뽕잎 사이로
누에의 일생이 손금처럼 나타난다

그의 혀로부터 방사紡絲된
현란한 언어를 따라가면
둔황敦煌의 그리운 유적지가 펼쳐지고
오디처럼 새까만
중앙아시아의 별빛 아래
고비사막의 달큼한 바람이
낙타의 발길을 지우며 흘러간다

오아시스의 샘물들이
어지러이 얽혀 있는
꿈의 실크로드
제 몸을 옭아맨 비단실의 자취를 따라
들어가면 다시 나올 수 없는
타클라마칸
사랑이 이러하다면
기꺼이 들어가

풀리지 않는 실타래를
하나하나 풀어보련만

오늘은
주름 속에 갇힌
누에의 꿈들이
슬픔처럼 감미롭다

책을 읽다 2

지느러미 펜을 흔들며
계곡 원고지에 시를 뿌리는 산천어야
너 싱그런 아가미로 수다를 떠는 사이
푹신한 길 위에서
쇠똥구리는
즐거운 나의 집을 굴리고
지렁이는 흙이불 속에서 스펙을 쌓네

선비와 신사의 품격을 겸비한 소나무
온몸에 내공이 쌓인 편백이
심장 속 피톤치드를 무한 방출할 때
수억 년 단련된 엽록소들은
햇살과 속 깊은 대화를 나누며
탄소동화 희곡을 탈고하네

이곳에서의 최고 덕목은
기다려 주는
관용
숲이 생산한 푸릇푸릇한 글들을

눈으로 귀로 읽다 보면
세속에 찌든 잘난 구석들이
조금씩 아집에서 벗어나
무한 자유를 만끽할 수 있다네

해우소解牛所에서

기장군 불광산 장안사 위쪽
척판암擲板庵 뒷간에 가서
속 시원히
근심이나 좀 내려놓을까 하여
괄약근에 힘깨나 썼는데
몸 하나 비우기는커녕
소 수천 마리 해체하느라
땀만
뻘뻘
쏟고 나왔다

살아 있는 동안 꼭 해야 할 49가지

먹고 싸기 먹고 싸기 먹고 싸기 먹고 싸기 먹고 싸기
먹고 싸기 먹고 싸기 먹고 싸기 먹고 싸기 먹고 싸기 먹
고 싸기 먹고 싸기 먹고 싸기 먹고 싸기 먹고 싸기 먹고
싸기 먹고 싸기 먹고 싸기 먹고 싸기 먹고 싸기 먹고 싸
기 먹고 싸기 먹고 싸기 먹고 싸기 먹고 싸기 먹고 싸기
먹고 싸기 먹고 싸기 먹고 싸기 먹고 싸기 먹고 싸기 먹
고 싸기 먹고 싸기 먹고 싸기 먹고 싸기 먹고 싸기 먹고
싸기 먹고 싸기 먹고 싸기 먹고 싸기 먹고 싸기 먹고 싸
기 먹고 싸기 먹고 싸기 먹고 싸기 먹고 싸기 먹고 싸기
먹고 싸기 먹고 싸기 먹고 입닥기

탄로난 비밀

대구서 춘천 가는 중앙고속도로
서안동 나들목 나와
예천행 34번 국도
우시장 들어가는 지점
오늘도
우각사,
지나쳐 버렸다

언젠가
고향 가까이에 당도한 기쁨에 겨워
안동교도소 앞 내리막길에서
신 나게 달리다가
속도계에 들켜 버린 성급한 내 마음
이제
천천히 달리다 보니
다 보인다, 우각사

오른쪽으로 기운 절 右角寺인지
쇠뿔로 지은 절 牛角寺인지 헷갈렸는데

알고 보니
愚覺寺우각사

과속으로 낭비한 나의 삶
일주문을 들어가서도
어리석음 깨닫지 못한다면 큰일
난데없이
우둔함 들킬까 두려워
오늘도 들르지 않고
지나쳐 버린
우각사

솥을 던지다
― 난중일기 5

부글부글
여의도 한강 둔치에
요식업주들 3만 명이 모여
솥을 던지고 밟으며
근육을 단련한다
끝 간데없는 불황을 온몸으로 막아내는
저 능숙함

지글지글
지지고 굽고
데치고 튀기고
삶고 찌고 볶아대던
솥을 넌신나는 섯은
모든 걸 버린다는 것이 아니라
삶을 끌어안는다는
뜻

부엌 밖으로 뛰쳐나온 주방장들의 절규 속에
이래저래 열 받은 솥들은

끓어오르는 마음을 진정시키려
기꺼이 한강으로 몸을 던졌다

지물포를 아십니까?

세상의 지물포紙物鋪에는
돌돌 말린 온갖 꿈들이
펴지기를 기다리며
꼼지락거리고 있다

아내가
거실 단장을 위해
도배지를 고르고, 고르고
또 골랐는데도
집에 돌아와 후회하고
다음날 다시 찾아가
견본책에 머리 조아리고
고민을 해도
지물포에서의 선택은
어린 시절 구멍가게에서
제일 맛나는 사탕을 고르는 일처럼
언제나 미련이 남는 법

오늘도, 내일도

먼 모레에도
오래된 지물포志物鋪에는
떼고 붙이고,
붙였다 떼고
여전히 결정되지 못한 마음들이
서성이고 있으리

각진 세상 살아가기

나의 시는 리듬을 타지 못해
비약적이거나
법적이다
은어의 펄떡거림을 막는 수중보水中洑처럼
튼실한 장애물 만들기에
능수능란하고 싶은 나의 시

나는
둥근 것을 깎아내어
모서리를 만든다
나이테를 잘라 책상을 만들며
수박을 절단하여 세모로 만들어 먹는다

칼집이 들어가
리드미컬하지 못한 나의 시여
제대로 된 네모이기나 한 건가
트라이앵글처럼
안정적이기라도 한 건가

동그라미와 친하지 않아
스타카토처럼 되어 버린
나의 시가
언젠가는
부드러운 모서리와 사귀어
쓸모 있어지기를

사월, 아침, 바다

큰스님 한 분
결가부좌하고 계시다

아득한 고해苦海로부터
수천수만 천진불들
잔잔히 걸어오시고

문득
큰스님 주장자 내리치며
할!
그 많은 새들을 방생하시니
세상이 일렁거리네

나는 자꾸
발을 헛디디고

소싸움

봄이 되면
청도에는
소소리바람에 설레어
후끈 달아오른
대추꽃이 피어난다

누런 뿔을 단
대추가
덜렁거리며 솟구치면
우지끈!
호거산 운문사 여승들이
힘줄이 한껏 튀어오른 팔뚝으로
힘차게
법고를 두드린다

이중섭의 그림 한 폭이
대추밭 속으로
빽,
쓰러진다

단풍들의 청문회

정말 강심장이다
부끄러움이
이다지도 수치스럽지 않을 수 있다니

아무래도
이건 도덕적 해이
나무들은 대낮부터
저들끼리 벌겋게 달아 있다가
발각되면 빠져나가려고
변명 반, 해명 반
일단
요리조리 부정하고 본다

난 잘못이 없어요
단 한 번 윙크했을 뿐이에요
숲이 정분 났어요
잎이 죄가 많아요
우린 단지 오빠 누이 사이예요

올가을 자연산 레드카펫은
잘도 치고 빠지는 날다람쥐들에게
영광인지 굴욕인지,
듣고 들어야 할 청문회가
누르락붉으락
붉으락푸르락
시끄럽기 짝이 없다

열애설 하나로도
뒤태가 엄청나게 아름다운
다혈질의 가을

신불산 한증막에서

우리의 추운 삶이
날마다 이렇게 뜨거울 수 있다면
몸속 뾰족가시들을
둥글고 탄탄히 담금질하는
땀방울은 추억이리
이곳에서의 수양이
잠시만의 화안거火安居로
찜질 된 살갖 마디마다
송진으로 솟아나고 있어

흥겨워라
나의 생이여
사서라도 고난을 참으리라
하루 한 번이라도
소나무 장작불 속에 뛰어들어
즐거운 다비식을 수행한다면
신불산 와불臥佛이
원적외선의 정신으로
내 마음 안으로 들어오리

강제로 삭감된 육신 밖에는
벌꿀처럼 달큼한
진신사리가 피어나리

멍보살, 열반에 들다

일요일,
마골산麻骨山 계곡 타고
높은 곳 팔각정까지 올랐다가
동축사에 무거운 몸 내려놓으니
때마침 법회 시간
큰스님 설법이 울려 온다

인생 고뇌의 가장 큰 원인은 욕망이니
수천수만 외부의 적은 이길 수 있으나
자신의 욕망을 이기는 자는 드물도다
—법당 안에 누워 있던 흰 멍보살님
시끄럽다는 듯 슬금슬금 봉당으로 내려선다
자기 집 곳간에 백두산만 한 금덩어리 있어도
인간은 더 많은 금을 원하나니
—봉당 멍석 위에 자리 잡은 멍보살님 다시 잠을 청한다
인생은 쫓아오는 미친 코끼리를 피해
깊은 우물 속 등나무에 가까스로 매달린 형상과 같은
것이거늘
아래에는 무서운 뱀이 혓바닥을 날름거리고

흰쥐와 검은 쥐는 번갈아가며 등나무 줄기를 갉아 먹
는데
어디로 가야 하는가
위로부터 달콤한 꿀은 떨어지건만
―멍보살 슬금슬금 내 곁으로 기어와 앉는다
무상하도다, 인생이여
꿀 같은 욕망은 목마름이니
마시면 마실수록 더 많은 갈증이 있을지어다
―보살님 외면하듯 고개 돌리고 눈을 감는다

불기 2551년 음력 사월 스무나흘
멍보살만큼
행복한 열반에 든 중생을 본 적이 없다

경로당 정숙이

얼마 전 시골에 들렀더니 말린 둥굴레, 볶은 옥수수, 느릅나무 껍질 등속을 넣고 구수하게 물을 끓여 드시던 어머니 이번 겨울 춥고 귀찮은데 수돗물 먹으려니 위생상 뭣하고 하여 마을 경로당 정숙이한테 가신다고 했다 거기 가서 페트병에 하나씩 떠오신다고, 남 보기 미안해서 아무도 안 볼 때 떠오신다고, 나는 정숙이가 누구냐고 의아해 하고 어머니는 물 걸러 먹는 정숙이도 모르느냐고 의아해 하시고

그래, 앞 글자에 악센트 넣으니 정숙이, 힘을 주지 않고 밋밋하게 발음해 보니 정수기

나는 어머니를 위로해 드렸다
잘 하신다고, 정수기 물도 자주 갈아줘야 고여 썩지 않는다고, 그래야 정숙이도 좋아한다고

천천히 가야 하는 시작도 끝도 없는 길

始나브勞

詩나브老

時나브怒

是나브路

길 위에서

나를 길러준 스승들과
내가 기르는 제자들 사이에
내가 서 있다
어제의 길과 내일의 길 사이에
굴절되거나 비굴한 삶도 많았다

눈을 감으면
선각先覺의 발자국은 이미 안갯속에 가렸고
앞에는 점점 난해해지는 좁은 길
이정표도 방향타도 없는 디지털 시대의
길,
길들이 나타나,
기정할 수도 단언할 수도 없는
그 길 위에
잠시 마우스피스를 던져둔다

4부

사랑의 원천 기술

너에게로 가는 원천 기술은
애초부터 없었다
다만
핵이 제거된 그리움만이
조작된 정보와
바꿔치기한 줄기세포 사이에서
길을 잃고 헤맬 때
나는
정보를 공유하기보다
사랑을 독점하기를 원했다

이제
수천 개의 난사들이
꿈을 잃은 연구실에는
더 이상
안타까운 복제는 없다
하여 나는
성숙한 사랑을 발견하기보다
덜 숙성된 너를 발명하고 싶어

맞춤형 가슴의 줄기세포를
직접 배양하기로 한다

적조 경보
— 난중일기 6

함대는 선단을 이루며
한려 물길을 따라 동진하고 있다

통영 앞바다에 이르렀을 때
통조림 속을 뛰쳐나온 골뱅이 떼들 난무하여
어림 조준으로 비격진천뢰를 날리다

잠시 후
해무 사라지고 포연 걷히니
정보에 취약한 아군의 레이더에
바퀴 부서진 휠마우스와 키보드의 잔해가 포착되고
날개 찢긴 골뱅이들 사이로
붉은 기운이 흥건히 울돌목을 직시다

적들은 여전히 활어 아가미에 붙어 과다 번식하니
전복을 꿈꾸는 과대망상증의 바다여
아가리가 너무 크구나
이러고는 제해권을 장악할 수가 없다
통제력을 잃어버린 수군통제사가

허공에 대고 황급히 소리친다
뱃머리를 돌려라!
이제는 서진이다!

그러나
기우뚱!
스크루는 이미 과부하에 걸렸다
여기서부터
녹조닷!

구성원

　여우늑영대장토류딱끼따구리여토끼우소늑대원지승렁
이이그래여우토음끼곰인간늑대늑대인간여도우여롱우그
눙래영장류오오인간토끼곰토끼하토마끼토끼늑대여우전
갈여우음자인간여우청설유모인원야시여우메기여우오여
이런우여우인연체동물간늑대젠장원숭이하등메동물뚜인
간기인간여우토끼단세포토끼여우늑대달팽이늑대늑대빙
고여우토끼토개끼인간늑대늑대족제원비숭이이런토끼ㅇ
ㅣㄴㄱㅏㄴ오!미 · 어 · 캣너아직도살아있네

고장난 벽시계

뻐꾸기가 죽었다

뻐꾸기가 알을 낳기 위해
개개비의 둥지를 노리던 날
우리는 모두 집에 없었다
그동안
아무도 절름발이 뻐꾸기에 대해,
그의 울음에 대해
말하지 않았고
그의 탁란託卵에도 관심을 두지 않았으며
모이를 주지도 않았다
그래서 뻐꾸기가 죽은 것이다
개개비 둥지 속에서 뻐꾸기는
굶어 죽은 것이다

개개비를 의심할 수도 있지만
사실,
뻐꾸기가 무엇을 먹고 사는지
알지 못했다

IT 강국이란

오늘 밤 나는
컴퓨터 오락이 먹고 싶다
전자사전도 먹고 싶다
스팸메일을, 디카를 먹고 싶다
으, 씹고 싶다 스마트폰
바이러스 냉면도 당기고
유난히 PMP 참외가 먹고 싶다

나는 지금 입덧 중이다
우욱, 톡톡 talk
에니팡!

그해 5월 어느 날 충남 태안 대섬 앞바다에서
조업을 하던 58세의 어부 김용철 씨는 주꾸미에
딸려나온 12세기 고려청자를 발견하고 곧장
당국에 신고하였다

주꾸미는
과거에 대해 말하고 싶어
온몸이 달았고
나는 끓이면 끓일수록 시원한
주꾸미탕을 퍼먹으며
질긴 것들은 씹을수록
깊은 맛이 우러난다고
말하고 싶어
안달이 났다

그날
나나
주꾸미는
무엇엔가
매달리고 싶었던 것 같다

낙화 2
— 난중일기 7

이 세상
꽃들은
도박사처럼 모든 것 걸고
번지점프할 준비가 되어 있다

인생에도
때때로
적절한 포맷이 필요하다

나는 점점 노골적이 되어 간다

구운 생선에서
가시를 바르는 것은
과연
바르게 하는 것인가
그르게 하는 것인가
내 뱃속 채우자고
남의 척추를 발굴하는 것은
즐거움인가
애틋함인가

뼈대를 송두리째 들어내는 것은
물살 헤집으며
잔뼈 굵어가던 바다의 희열을
무자비하게 걷어내는 것

결국, 생선들
속살에 갈빗대마저 깔끔하게 내어놓고
마지못해 바닥으로 돌아누울 때
나는 점점
노골적露骨的이 되어 간다

교육에 관한 짧은 생각

꿈속에서 수십 명의 히딩크가 나타났다
어퍼컷을 올리며
나의 체력을 단련시켜 주었다
나는 올라운드 플레이어가 되었다
나는 못 하는 것이 하나 없는
멀티 플레이어
수비와 공격을 동시에 구사할 수 있게 된 것이다

그러나
볼 점유율 높다고
축구에서 이기는 건 아니다
의연하여라, 골대 앞에서
문전 처리에 미숙한
우리나라 축구여
뛰는 선수들보다
관중이 더 애타는 나라
전문가가 너무 많아
사공들이 축구하는 나라

우리에게 정작 필요한 것은 하나
천군만마보다 한 명의 히딩크를 기쁘게 하는 것이
모두가 기쁘게 되는 것임을 알 때
깨진 전광판 속에서도
별들은 쏟아져 내리리라

세상에 이런 일도 2

사지가 뻣뻣하게 마비되어
혀로 자판을 꾹꾹 찍어 글을 쓰는
강원도의 시인
노차돌
쌍자음은 치기가 더욱 힘겨워
베개를 가슴에 받치고
온 힘을 다해 혀 근육을 활용하는
끈기 있는 사내

혀에 묻은 음식물로
키보드가 온통 하얘져도
어머니는 즐겁게
하루에도 몇 번이고
맛깔난 자판을 닦아낸다

각설탕처럼 뻣뻣한 그의 삶
혀뿌리에서 혀끝으로
부드럽게 감아올려
감칠맛 나게 펼쳐내니

소화효소 콸콸 넘치는
향기로운 그의 시,
그의 말씀
세상에 한 자루
가득

GPS

오빠
조심해
연속으로 과속 방지턱이야
나는 요즘
똑똑한 계집애 하나
데리고 다닌다

오빠
천천히 가
오빠, 오빠, 제발
경로를 이탈했잖아!
나는
수다스러운 계집애 하나
태우고 다닌다

오빠 왜 그래?
칠십, 칠십, 칠십,
칠십이라니까

나는 오늘도 차 안에서
제 말 안 듣는다고 잘 삐치는
끈적끈적한 여자와
몸싸움 중이다

마사이족은 쉬지 않는다

사랑하는 아들딸아
아빠는 먼 옛날
개학이 가까워져 오면
오후 세 시 사십구 분발 동차動車를 타고
대처로 나가기 위해
할머니와 새벽에 고향집을 나서
정거장을 향해 걸었다
기차표 고무신이며
왕자표 신발이 닳아빠지도록
걷고 또 걸었다
보따리를 오른 어깨에 걸면
왼쪽 옆구리가 아팠다

기차를 놓칠까 봐
그렇게 세 시간 길을 걸어
역에 도착해도
다시 두 시간을 기다려서야
기차 꽁무니에 몸을 실을 수 있었다

걷기를 싫어하는
아들아
나이키가 흐물흐물해지고
프로스펙스 밑바닥이 찢어질 때까지
마사이족처럼 걸어라
발가락이 부르트고
종아리 근육이 뭉치도록
마사이족처럼 달려라
양말 볼이 찢어졌다고 꾸짖지 않을 것이다
신발이 닳았다고
핀잔을 주지도 않을 것이다

도토리 같은 아들딸아
하루에 몇 번이라도
운동화를 사주마
밤이 새도록 양말을 꿰매 주마

부엉이
― 발문跋文에서

그는 세상을 볼 줄 안다 색깔을 초월한 그의 눈은 간상세포가 발달하였으되 우듬지로 뻗어나온 일과 사물의 곁가지를 통해 내면을 들여다본다 한번 날개 움직이면 고요하고 담대한 숲의 정밀靜謐을 헤집으며 도도한 탐색이 시작된다 그가 정지 비행을 정지하고 하강하는 순간 숲의 생명들은 호흡을 멈추고 취사선택할 수 없는 경이감에 전율한다

어둠을 통해 빛을 볼 줄 아는 그의 안목은 그윽하고 깊다 그의 시선이 지나간 자리마다 탄생하는 시는 직설적이지 않고 은유적이며 단순하나 그만의 어법을 빌려 명징하게 읊조린다

절대, 미세한 움직임조차 놓치지 아니하고 망막에 포착되는 피사체, 자유자재로 조절되는 조리개에 밤은 광범위하게 섭렵 된다 짐승의 뷰파인더에 투사된 인간의 시간은 어두우나 달이 지배한 시간보다 더욱 섬세하게 집요한 혀를 놀려 숲을 지배한다 하여, 그 심원한 눈빛으로부터 분사되는 감성의 도저到底한 발현은 둔중한 어둠을 장악하고도 남음이 있다

난중亂中의 시학

김 영 탁(시인 · 『문학청춘』 주간)

   권영해 시인의 시를 읽으면서 충무공 이순신 장군이 자연스럽게 떠올랐다. 그의 부제시 '난중일기'가 입증하듯 그의 시 쓰기 정신이 면면히 흘러 도달하는 접점이 '난중亂中'이라 할 수 있다. 물론 그의 시가 이순신의 일대기를 그렸다는 건 아니며 일기 형식도 아니다. 시인은 시로써 오로지 난중에 뛰어들어 용맹정진의 시정신으로 난중이라는 벽을 박차고 나오는 일련의 과정이 '난중일기'를 되살리며 이순신까지 무의식적으로 소환하는 것이다.

   분명한 건, 시집 『봄은 경력사원』이 이순신과 관련이 없으면서도 무의식적으로 연동하는 것은, 임진왜란 때나 문명이 첨단을 달리는 지금이나 '난중'이라는 세상이 온전치 못하고 불안정하다는 공통분모가 있기 때문이다. 미리 얘기하지만 권영해 시인의 시는 다종다양한 형태로 독립적인 정서를 노래하고 있으며, 또한 이순신과 직접적인 관계는 없다는 것이다. 원래 이순신은 7년 동안 일기를 쓸 때 아무런 이름을 붙이지 않았다. 정조에 와서 『이충무공전서』를 편찬하면서 편찬자가 편의상 『난중일기』라는 이름을 붙였다. 생사를 걸고 왜구와 싸우면서 전쟁 가운데 쓴 일기는 난중의 세상에 시인의 치열한 시 쓰기와 어느 정도 실핏줄처럼 통하는 데가 있지 않을까 싶다.

인간의 모든 소식은
@골뱅이를 통해 전달되던 시대가 있었다

이곳은 이미
분필이 필요 없는 곳
나는 지시봉과 분필통 대신
한 손에 리모컨을 들고
목에는 마우스를 걸고
교실로 들어선다

전원을 켜면
세상 가득 전동 스크린이 펼쳐지고
수천수만 광년의 빛줄기로 쏟아지는
해동성국의 미래여
오직
@골뱅이의 몸을 통해서만
너의 마음에 도달할 수 있고
외계어를 타고서야

반딧불이를 말할 수 있을 때
단숨에 날아오르는 삶이란
얼마나 쓸쓸한 가벼움인가

@골뱅이의 꿈이여,
꼬인 날개여
이제부터 나도
@골뱅이 무침을 안주 삼아
세상을 꿀꺽하고 싶다
  쀩!
　　　　　—「암호명 @골뱅이−난중일기 2」 전문

　시 「암호명 @골뱅이」의 부제 '난중일기'가 암시하듯
시대의 난맥을 맛깔나는 골뱅이무침처럼 잘 버무렸다.
요즘 흔하게 유통되는 인터넷과 SNS 용어를 보면 @의
막강한 힘을 느낄 수 있다. 조금만 시류에 뒤처져도 알
아들을 수 없는 전자매체를 떠도는 국적불명의 언어는
@골뱅이의 형태소처럼 뱅뱅 돈다. 시인은 교단에서도
어린 제자들을 가르치면서 국적불명인 사이버 상에 범
람하는 외계어에 절망하면서 분필과 지시봉 대신 리모
컨을 들고 목에는 마우스를 걸고 교실로 진입한다. 그야
말로 미래에 도래할 미래전사未來戰士는 타임머신을 타고
지금 바로 눈앞에 도착했다. 이 미래전사는 암울한 현재
를 다가올 미래의 거울로 세상을 비춘다. "세상 가득 전

동 스크린이 펼쳐지고/ 수천수만 광년의 빛줄기로 쏟아지는/ 해동성국의 미래여"를 예찬하고 있지만, "외계어를 타고서야/ 반딧불이를 말할 수 있을 때/ 단숨에 날아오르는 삶이란" 얼마나 쓸쓸하고 가볍고 고독한지 시인은 노래한다. 드디어 시인은 @골뱅이의 꿈과 부러진 날개마저 @골뱅이 무침으로 안주 삼아 삼킨다. 앞 연에서 왜곡된 삶의 비애를 노래한 것과 대조되는데, 적극적으로 상황을 받아들일 뿐만 아니라 대상 속으로 들어가 육화한다. '뷁!'은 무엇인가? 음소를 풀어보면, '불렉(BLACK – 블랙 – 블랙홀)'정도로 볼 수 있으나, 시인이 삼킨 대상의 정체이면서도 기괴한 음흛은 이 시의 화두이기도 하다. 블랙홀로 빨려들어 가는 세상과 부제시의 난중과 맥락적으로 연동한다.

> 부엌 밖으로 뛰쳐나온 주방장들의 절규 속에
> 이래저래 열 받은 솥들은
> 끓어오르는 마음을 진정시키려
> 기꺼이 한강으로 몸을 던졌다
> —「솥을 던지다」–난중일기 5, 부분

> 통영 앞바다에 이르렀을 때
> 통조림 속을 뛰쳐나온 골뱅이 떼들 난무하여
> 어림 조준으로 비격진천뢰를 날리다

잠시 후

해무海霧 사라지고 포연 걷히니

정보에 취약한 아군의 레이더에

바퀴 부서진 휠마우스와 키보드의 잔해가 포착되고

날개 찢긴 골뱅이들 사이로

붉은 기운이 흥건히 울돌목을 적시다

적들은 여전히 활어 아가미에 붙어 과다 번식하니

전복을 꿈꾸는 과대망상중의 바다여

아가리가 너무 크구나

이러고는 제해권을 장악할 수가 없다

통제력을 잃어버린 수군통제사가

허공에 대고 황급히 소리친다

뱃머리를 돌려라!

이제는 서진이다!

―「적조 경보」-난중일기 6, 부분

　위의 두 편의 시에서 종결어미를 읽어보면 "몸을 던졌다 ― 비격진천뢰를 날리다 ― 울돌목을 적시다 ― 뱃머리를 돌려라!"라고 진술한다. 화자는 던지고 날리고 적시고 돌리는 데 주체적이며 명령형에 가깝다. 자칫 명령형이 주는 시감詩感이 독자로 하여금 반발을 일으킬 수 있지만, 묘하게 통쾌하고 시원하고 재미있다. 바로 권영해 시인만이 가질 수 있는 비장미 속에 묘한 해학이 숨어서 시를 맛있는 요리로 만들어낸다.

시 「솥을 던지다」를 읽는 자체만으로도 해학 속에 페이소스가 번쩍인다. 열 받은 솥들이 끓는 마음을 진정하려 한강에 투신하는 장면을 생각만 해도 웃음이 나온다. 하여, 웃음으로 부조리한 사회의 단면을 들춰내고, 다가오는 연민이 세상을 따뜻하게 만들지 않을까. 시인은 부조리한 세상을 드러내는 것으로 마감하지 않고 따듯한 연민의 마음으로 대상에 투신한다. 「적조 경보」에서 보여주는 장면은 상당히 입체적이다. 실제로 이순신 장군의 활약을 그려보면서 독자들은 현재의 가상세계를 동시에 떠올린다. 두 세계의 겹침은 묘하게 '난중'이라는 과거와 현재를 한 묶음으로 구현하면서 역동의 세계에 빠질 수밖에 없다. 알다시피 전자매체를 기반으로 한 가상세계는 인간에게 편리한 유익함과 관계망을 좁혀주는 장점도 있으나 그에 반해 인간뿐만 아니라 한 국가까지 위기를 불러올 만큼 지극한 해악도 도사리고 있는 건 사실이다. 첨단의 문명이 가져오는 장단점을 비교할 수도 없고, 여기까지 걸어온 길을 되돌아갈 수도 없는 건 자명하지만, 시간이 갈수록 인간은 왜소하고 쓸쓸하고 고독할 수밖에 없을 터이다. 하여, 시인은 가상의 바다에서 전투를 한다. 가상세계의 스팸 골뱅이 떼를 향하여 비격진천뢰를 날린다. 아군도 피해가 있다. 휠마우스 바퀴와 키보드가 부서지고 쉽사리 죽지 않는 골뱅이들이 울돌목에 진을 치고 있다. 적들은 어지간한 백신에도 쉽사리 죽지 않고 끈질기게 진화하면서 세상을 위협하고 상황

은 난중이다. 시인은 시의 행간 속에 숨어있는 허허실실
을 과대하게 늘리는 듯하다가 마감 처리에 아주 통쾌하
고 깔끔하게 마무리함으로써 풍자와 비판의 정신으로
시의 집을 완성한다.

> 나는
> 대마도 근처에 포진한 채
> 곳곳에 바리케이트를 치고
> 거동 수상한 자들을 감시하였으나
> 백신이 없는 바다에는
> 왜구들이 멋대로 아군의 폴더 속을 드나들고
> 스팸이라고 하는 정체불명의 정보들을 쏟아 붓고는
> 달아나기 일쑤였다
>
> ─「독도」─난중일기 3, 부분

　시 「독도」도 '난중일기'의 연작시다. 권영해 시인의 시
를 다루는 재치와 펀(fun)을 한껏 느낄 수 있다. 시 「암호
명 @골뱅이」에서 시인은 골뱅이 속으로 들어갔으나 그
것으로 해결되는 게 아니었다. 그 안의 세상에는 준비가
안 된 허허벌판이며 바이러스가 득실거리는 암흑의 세
상이다. 적과 아군의 구별이 모호하고 정보의 바다라는
게 정체불명의 소문과 쓰레기 정보들로 가득 차서 스팸
은 스팸을 확대 재생산하고 있다. 시인은 '난중일기'라는
부제를 통하여 흩어진 병선을 모아 울돌목에서 왜선 백

여 척을 무찌르고 노량해전에서 유탄으로 전사한 이순신 장군을 다시 되살린다. 다소 과장한다면, 이순신의 임전무퇴臨戰無退와 사즉생 생즉사死卽生 生卽死 정신이 시인의 부제시 '난중일기'의 시 정신과 통한다고 봐야겠다. 시인은 대상을 회피하지 않고 세상이 경박하고 쓸쓸하고 외롭지만, 그 대상들을 외면하지도 않고 포용하면서 육화하고, 그 안으로 진입하여 세상을 부단하게 경작하려는 과감성을 보여준다.

꽃이 진다고 아파하지 마라
진다는 것은 이미
피어난 기쁨이 있었거니
한때의 절망은 또한
은거隱居한 기쁨 아니냐

저 규칙적 궤적을 보아라
한쪽이 올라가면 건너 쪽은 내려가야
온전한 사람살이가 되지 않느냐

시소에 앉은 아이가
내려간다고 언제
절망한 적이 있더냐
　　　　　　　　　　—「절망에 관하여」 전문

절망은 기쁨과 슬픔의 간극에 있지 않고 어디든 따라

다니며, 절망을 벗어나 새로운 역할을 한다. 흔히 꽃이 피는 게 기쁨이라 하지만, 꽃이 지는 게 '은거의 기쁨'이라니 대단한 발견이다. 죽음(은거)을 통해 다시 태어나는 기쁨을 기약하기에 꽃이 지는 건 또 다른 생산 활동일 수밖에 없을 것이다. 더 나아가 이 시는 아이가 놀고 있는 시소의 작동으로 환원되면서 피고 지는 세속의 생멸이 하나의 놀이로 승화 작용한다. 아직 어른이 아닌 아이의 시선으로 시소놀이를 통해 죽음과 절망은 통과의례를 거쳐 새 생명을 얻는다.

그녀는 베테랑
온다는 소문만 나도
숱한 남자들 가슴을
설레게 하지

노하우가 축적된 그녀는
얄미운 계집,
도착도 하기 전에
입이 닳도록
침이 마르도록
자신을 위해 노래하는 자들이 너무 많아

세상사 그저 관행일 뿐이건만
노련한 경력사원 덕분에
줏대 없는 시인들은

이구동성으로 호들갑을 떨 뿐이지

하마평만 무성한
입춘 근처
기고만장한 저년의 가슴은
해마다 관록이 쌓여 간다

─「봄은 경력사원」

　표제시 「봄은 경력사원」은 봄의 기원을 떠올리게 한다. 아득한 세월 저편에서 유래한 계절의 여왕은 셀 수 없는 경력을 자랑한다. 늙을 줄 모르는 여자아이면서 찰나를 연상하는, 잡을 수 없는, 어쩌면 청춘의 한 시절을 떠올릴 수밖에 없다. 봄을 향한 찬사 일색의 입들을 시인은 비판한다. 전통적인 시 쓰기에서 봄을 찬양하는 건 관행이며 어쩌면 낡은 상징일 수도 있다. 바로 이 점을 시인은 놓치지 않고 새로운 시 쓰기를 다짐하는 것이다. 시가 태어난 이후, 전통 서정시에서 봄은 당연한 대접을 받고 셀 수 없을 만큼 노래를 양산해 왔다. 시인은 관성의 봄을 단연코 거부한다. 그의 무의식에 흐르는 줄기는 새로운 시 쓰기로서 봄을 찾아가는 도정에 있다고 봐야겠다. 하여, 이 시는 권영해 시인의 앞으로 펼쳐질 미래의 시에 대한 보고서이며 새로운 각오일 것이다. 용맹정진해 나갈 시인의 시가 기대되는 것은 봄을 기다리는 설레임보다 더 크다. 이제 봄은 시인의 미래다.

나는 내 시를 잘 비비고 있는가
밥은 시가 되지만
시는 밥이 되지 못한다는데
차라리
행간과 행간 사이
치커리같이 쌉쌀한 단어 몇 조각에
땡초 두어 개쯤 썰어 넣고
거칠게 비비고 치대어
이미지와 비유마저 뭉개져 버린
독하고 못된 시,
까칠한 시밥 한 양푼
비벼냈으면 한다

　　　　　　　　　　　　—「시 비비기」 부분

물길 따라 불길이 퍼지던 염전
숯불처럼 타오르다
숯처럼 식어갈 사랑아
희디흰 정신의 응결을 믿고
짜도록 그윽하게 익어간다 해도
증발의 안타까움 견디며
물에서 녹을 것을
다시 물로부터 나오는가

　　　　　　　　　　　　—「소금」 부분

이 시집 전편에 흐르는 일정한 기류는 시인의 시 쓰기에 대한 화두이며 엄격한 자기검열에 있다고 해도 과언이 아니다. 그는 끊임없이 자신을 채찍질하며 독하고 못된 까칠한 시가 되길 바라며 양푼에 살아있는 시어를 비빈다. 참으로 처절하고 눈물겨운 밥이다. 여기서 시 쓰기는 차라리 전투다. 시작과 끝을 알 수 없는 시를 찾아 스스로 오지에 뛰어든 단독자單獨者 시인은 사막의 한가운데 전갈에 물려 생사를 오가야 할 운명이다. 시에 대한 치열한 정신이 잘 비벼진 시가 「시 비비기」라 할 수 있다. 여기서 '시밥'이라는 새로운 시어가 탄생하는데 시도 음식처럼 생명의 양식으로 동일시된다. 약식동원藥食同原과 맥락을 같이하면서 시는 밥이고 밥은 약이 되는 만큼 이 모든 근원은 시라 할 수 있다. 권영해 시인은 시병詩病을 앓고 있다. 시인으로서 시병을 앓지 않고 어떻게 좋은 시를 쓸 수 있을까. 온몸으로 투신하는 시인의 시작詩作은 드디어 '소금'의 결정체로 몸을 바꾼다.

희디흰 정신의 응결을 집약한 「소금」이라는 시도 '시 비비기'의 맥락을 같이 한다. 권영해 시인의 부단한 시정신의 수행은 검은 숯이 희디흰 소금이 될 때까지 대상에 투신한다. 잠깐, 여기서 중국 설화에 나오는 삼천갑자 동방삭을 아니 떠올릴 수 없을 것이다. 너무 오래 살아서 귀신보다 세상의 오묘한 이치를 터득한 동방삭을 잡을 수 없었던 저승사자가 꾀를 내어 숯을 씻는다. 희디흰 색이 나올 때까지 냇가에서 아무리 숯을 씻어도 희게

될 수 없는 건 다 아는 상식이지만, 세상 이치를 꿰뚫은 동방삭이도 걸려든 것이다. 하여, 시인은 세월이 흘러 사랑이 식어갈지라도 온몸으로 시에 투신함으로써 사랑은 희디흰 결정체 소금으로 귀환하면서 시는 사랑으로 완성된다. 그러나 물에서 나와 다시 물로 간다는 시인의 시안詩眼이 말한다. 출발과 회귀는 동일점에서 이루어진다고. 생의 비의를 알아차린 시인은 궁극에서 자신을 해체해야 한다는 것을 절감한다.

나는 왜 그동안
주먹밥 속에 주먹이 있다고 생각하지 않았는가
왜
솜사탕 속에는 사탕이 없다고 믿고 말았던가

어머니가 싸주신 주먹밥 속에서
아기의 고사리 같은 주먹과
아버지의 굳은살 박인 주먹과
아내의 가녀린 주먹이 불쑥 나오지 않던가
잉어빵 속 황금잉어보다
더 꿀맛 같은
눈물 어린 주먹이
주먹보다 더 거대한 골리앗의 눈물이
와르르 쏟아져 나오는데
주먹밥 속에는 주먹이 없다고
왜!

단정하고 말았던가

—「주먹밥 속에는 주먹이 있다」 부분

흔한 말로 붕어빵 속에는 붕어가 없다는 건 사실이다. 사실 이전에 우리는 붕어빵을 먹으면서도 형태는 붕어이지만 밀가루로 된 빵을 붕어라고 생각하지 않는다. 늦게서야 붕어빵에 붕어가 없다는 말이 떠오르고 고개를 끄덕인다. 그간 붕어보다 이미지를 먹었고, 붕어가 없다는 말은 먹는 행위 다음에 오는 결과에 대한 회상이다. 시인은 '주먹밥 속에는 주먹이 있다'고 한다. 주먹밥 속에 가족의 울타리가 떠오르면서 유년의 가난한 시절 어머니의 주먹을 통해 시인은 천진한 아기로 돌아갈 수 있다. 고사리 주먹이 어른 주먹이 되어도 주먹밥으로 어린 주먹을 키운 어머니는 영원한 것이다. 시인이 장성하여 가족을 이루면서 주먹밥은 계속된다. 이 상징의 주먹밥은 어느덧 가족의 주먹이 거기에서 솟아나는 걸 발견한다. 주먹밥은 타임머신이 되어 과거와 현재를 오가며 다시 눈물거운 삶이 반복된다는 걸, 시인은 눈물 젖은 주먹밥을 먹으면서 회고하며 반성한다. 세상의 밥은 어머니가 지은 밥이며 고단한 눈물과 진솔한 삶이 알곡처럼 빼곡하여 주먹밥으로 집약된다. 얼마나 눈물겨운 밥인가. 이 작품은 시인의 휴머니즘과 인정주의적인 면모를 엿볼 수 있는 가슴 뭉클한 시다. 이 외에도 바쁜 일상사 작은 여유마저 없는 전쟁 같은 삶 속에서도 인간과 가족과 자연에 대한 애정 어린 관심을 드러내는 시늘은 시집 곳곳에서 발견된다.

　이제 10여 년 만에 두 번째 시집 『봄은 경력사원』을 내는 권영해 시인의 다양한 서정의 기층으로 직조된 시편을 '난중'이라는 말로 결집하고자 한다. '난중'은 세상의 부조리에 대한 반작용이면서도 중의적으로 시의 블랙홀처럼 알 수 없는 미지의 세계이기도 하다. 여기서 놓칠 수 없는 것은 권영해 시인의 해학과 자신을 던지는 과감한 투신 그리고 불굴의 시 정신이다. 더러는 시 쓰기에 있어 자신마저 해체하는 용맹정진의 정신이 도처에서 번쩍인다. 완벽 아닌 빈틈을 예비하면서도 외로운 것과 그리운 것 사이에서 탄생하는 가슴 앓는 시 「솔개에게」를 읽으면서, 앞으로 그의 시가 축적된 내공을 바탕으로 빛나는 날개를 달고 세상에 긍정적인 힘이 되기를 기대해 본다.

　　날고 싶은 것과
　　머물고 싶은 것 사이에
　　날개가 있다

　　부서지는 햇살 아래로
　　추락을 꿈꾸며
　　날렵하게 솟구치는 순간
　　빈틈을 예비하는 것

거기다
한없이 감싸 안고 싶어지는 것
외로운 것과 그리운 것 사이
그 중심에
날개가 있다
가슴 앓는
네가 있다

　　　　　　　　　　　—「솔개에게」 전문